CHIQUITA Y PEPITA
(Dos ratoncitas)

Dorothy Sword Bishop

National Textbook Company
a division of NTC/CONTEMPORARY PUBLISHING GROUP
Lincolnwood, Illinois USA

Queridos lectores,

Las fábulas del mundo son cuentos muy viejos, ¡aun más viejos que sus abuelos y bisabuelos! Desde tiempos antiguos, los niños han querido las fábulas.

Algunas veces las fábulas son chistosas y otras veces son serias, pero siempre contienen un mensaje especial. Algunas veces son de animales que se portan como seres humanos. Otras veces son de personas. Pero siempre son muy divertidas.

En los libros de *Fábulas bilingües,* siempre pueden encontrar las fábulas más populares. Y ustedes son dichosos porque pueden gozarlas en dos maneras. Primero las pueden leer en español y luego en inglés. ¡Así ustedes se ríen en dos idiomas! Además, tienen dos oportunidades de divertirse de las ilustraciones dibujadas especialmente para ustedes. También tienen dos oportunidades de adivinar el mensaje.

Ahora, lean la fábula, diviértanse y traten de adivinar el mensaje especial.

Published by National Textbook Company, a division of NTC Publishing Group.
©1991, 1978 by NTC Publishing Group, 4255 West Touhy Avenue,
Lincolnwood (Chicago), Illinois 60646-1975 U.S.A.
Library of Congress Catalog Card Number: 72-80085
Printed in Hong Kong.

890 WKT 98765

Chiquita y Pepita son amigas.

Chiquita es una ratoncita de la ciudad. Es muy
rica. Vive en una casa muy grande.

Pepita es una ratoncita del campo. Es muy pobre.
Vive en una casa muy pequeña.

Un día Pepita decide preparar una fiesta para su amiga rica. Invita a muchos amigos, limpia su casa pequeña y prepara una comida de pan y queso.

Llega el día de la fiesta, y llegan Chiquita y los
amigos. Se sientan a comer, pero Chiquita no está

contenta porque a ella no le gusta la comida. No
come mucho, ni el pan ni el queso.

—¿Qué tienes?— le pregunta Pepita. —¿Por qué no comes nada? ¿Estás enferma?

Chiquita dice:—En mi casa grande tengo pasteles, jalea, vino y muchas comidas sabrosas. No me gusta ni el pan ni el queso. Muchas gracias por invitarme a tu fiesta, pero mañana tengo que volver a mi casa. ¿Por qué no vienes conmigo?

Pepita responde:—¡Qué buena idea! Voy contigo por la mañana. Quiero ver tu casa grande.

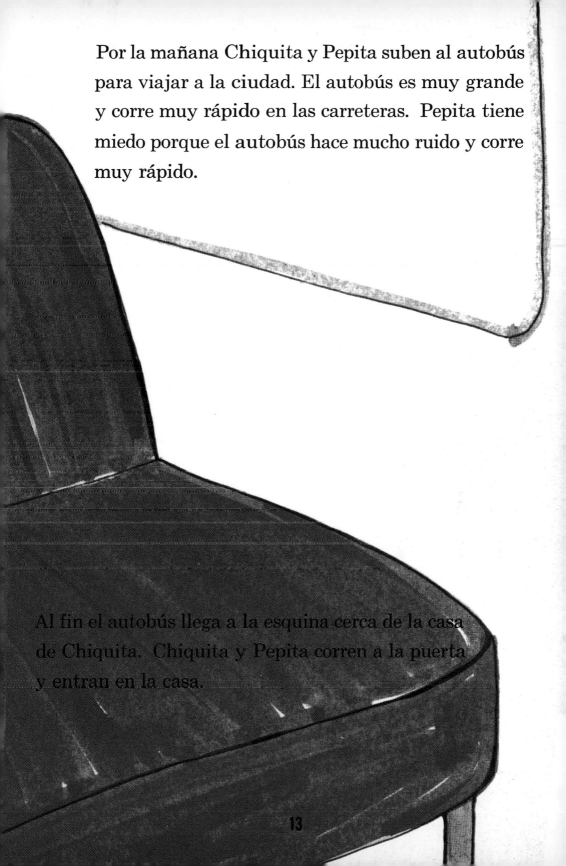

Por la mañana Chiquita y Pepita suben al autobús para viajar a la ciudad. El autobús es muy grande y corre muy rápido en las carreteras. Pepita tiene miedo porque el autobús hace mucho ruido y corre muy rápido.

Al fin el autobús llega a la esquina cerca de la casa de Chiquita. Chiquita y Pepita corren a la puerta y entran en la casa.

—¡Qué hermosa! ¡Qué grande! ¡Qué bella!— grita Pepita. Mira por todas partes y exclama:— ¡Nunca he visto una casa con cuartos tan grandes y hermosos!

14

De repente un perro muy grande corre a la sala. Ve a Chiquita y a Pepita, y les ladra muy fuerte:
—¡Guau, guau! ¿Quién eres tú? y ¿Quién eres *tú*? ¡Voy a cogerte! y ¡Voy a coger*te*!— y el perro corre detrás de las dos amigas.

—¡Socorro! ¡Socorro!— grita Pepita con mucho miedo y corre muy rápido con Chiquita. Corren por la sala, corren por el comedor y corren a la cocina.

—¡Ay! ¡Qué perro tan grande! ¿Vive ese perro aquí?— pregunta Pepita a Chiquita. —A mí no me gustan los perros.

—Sí, el perro vive aquí también. Ladra mucho, pero no puede cogernos — dice Chiquita. —Bueno, vamos a subirnos a la mesa. Voy a mostrarte nuestra comida.

Las dos ratoncitas suben a la mesa. En la mesa hay pasteles, dulces, jalea y un vaso de vino. Muy sorprendida, Pepita mira la comida. —¡Nunca he visto comida tan rica!— grita Pepita. —¡Nunca en mi vida!

—Pues bien— dice Chiquita, —vamos a comer.

Pepita pica un pedazo de los pasteles, prueba la jalea y bebe el vino. —¡Qué deliciosa!— dice Pepita, muy contenta. Se sienta y empieza a comer.

Pero en ese momento Pepita ve a un gato muy cerca de la mesa. Mira los ojos verdes. Mira los dientes y dice en voz baja:—Ya no tengo hambre. Tengo mucho miedo. Chiquita, ¡mira!

Al ver al gato, Chiquita grita:—¡Ven, ven de prisa!
El gato es muy malo. ¡Quiere comernos!

Chiquita y Pepita saltan de la mesa y corren muy
aprisa. Entran en el dormitorio. —¡Ay! ¡Caramba!
¿Tenemos que correr todo el tiempo?— chilla Pepita. —No tengo tiempo para gozar de nada.

De repente empieza a sonar un reloj. ¡Bom, bom, bom! Suena muy fuerte y la pobre de Pepita salta. —¿Qué es eso? ¡Nunca he oído tal ruido!— grita y tiembla de miedo.

—No es nada más que el reloj— dice Chiquita. —No tengas miedo.

Pero Pepita dice:—Lo siento mucho, a mí no me gusta tu casa grande. Es muy hermosa, pero el perro no me permite mirar todas las cosas bonitas.

El gato no me permite comer la rica comida.

El reloj hace ruido y me da mucho miedo.

Vuelvo a mi casa pequeña.

¡Adiós, amiga mía!

Y Pepita sale corriendo por la puerta, corre por las aceras, corre por las calles y por la carretera, y corre por los campos verdes hasta su casa pequeña.

Al fin llega a su casa. No hay comida rica, no hay cuartos grandes, pero no hay perros y gatos malos, ni tampoco cosas que hacen ruidos raros.

Después les dice a sus amigos:—La casa de Chiquita es magnífica, pero no quiero vivir con miedo. A mí me gusta la vida tranquila del campo.

Dear Readers,

The fables of the world are very old stories—even older than your grandparents and great-grandparents! Since ancient times, children have loved fables.

Sometimes the fables are funny and other times they are serious. But they always have a special message. Sometimes they're about animals that act like human beings. Other times they're about people. But they're always amusing.

In the *Bilingual Fables* books, you can always find the most popular fables. And you are lucky because you can enjoy them in two ways. First you can read them in Spanish, and then in English. That way you laugh in two languages! Besides, you have two chances to enjoy the pictures drawn especially for you. You also have two chances to guess the message.

Now, read the fable, have fun, and try to guess the special message.

Chiquita and Pepita are friends.

Chiquita is a little city mouse. She is very rich.
She lives in a very big house.

Pepita is a little country mouse. She is very poor.
She lives in a very little house.

One day Pepita wants to plan a party for her rich friend. She invites many friends, cleans her little house, and prepares a meal of bread and cheese.

On the day of the party, Chiquita and the friends
arrive. They sit down to eat, but Chiquita is not

6

happy because she doesn't like the food. She eats
very little of the bread and cheese.

"What's the matter?" asks Pepita. "Why aren't you eating anything? Are you sick?"

Chiquita says, "In my big house I have cakes, jelly, wine, and many delicious foods. I don't like bread and cheese. Thank you very much for inviting me to your party, but tomorrow I must go home. Why don't you come with me?"

Pepita answers, "What a good idea! I'll go with you in the morning. I want to see your big house."

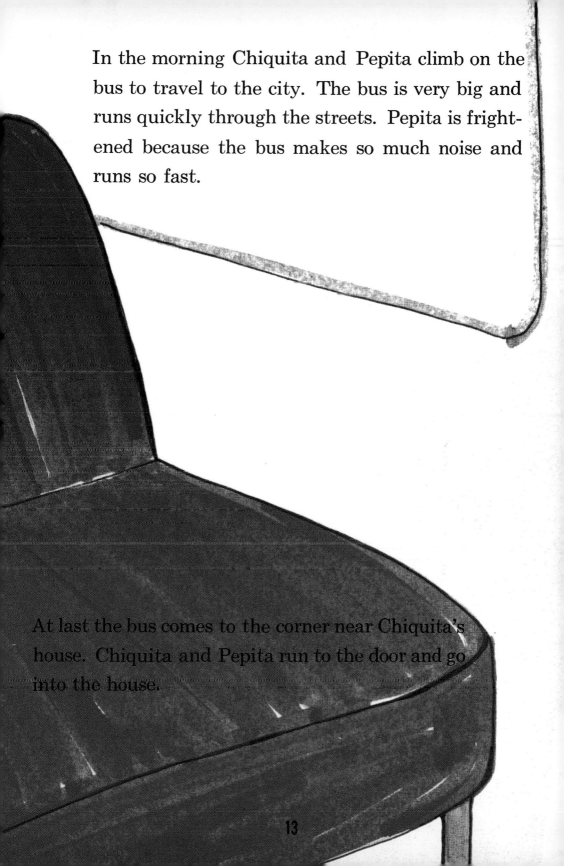

In the morning Chiquita and Pepita climb on the bus to travel to the city. The bus is very big and runs quickly through the streets. Pepita is frightened because the bus makes so much noise and runs so fast.

At last the bus comes to the corner near Chiquita's house. Chiquita and Pepita run to the door and go into the house.

"How beautiful! How huge! How magnificent!"
cries Pepita. She looks everywhere and exclaims,
"I have never seen a house with such big,
beautiful rooms!"

Suddenly a very big dog runs into the room. He looks at Chiquita and at Pepita, and barks in a very loud voice. "Bow-wow, Grrrrr! Who are you? And who are *you*? I'm going to catch you! And I'm going to catch *you*!" And the dog chases the two friends.

"Help, help!" shouts Pepita, very much afraid. and runs very fast with Chiquita. They run through the living room, they run through the dining room, and they run into the kitchen.

"Oof! What a big dog! Does that dog live here?" Pepita asks Chiquita. "I don't like dogs."

"Yes, the dog lives here too. He barks a lot, but he can't catch us," says Chiquita. "Well, let's climb on the table. I'll show you our dinner."

The two mice climb on the table. On the table are cakes, candies, jelly, and a glass of wine. Pepita is very surprised to see such food. "I have never seen such delicious food!" Pepita cries. "Never in my life!"

"Well then," says Chiquita, "let's eat."

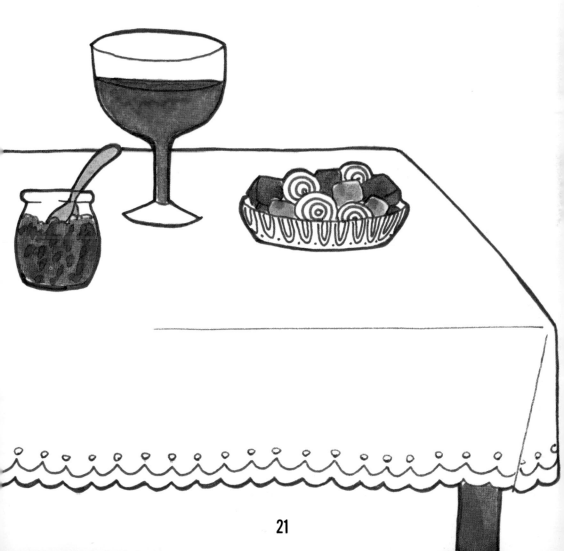

Pepita nibbles some of the cakes, tastes the jelly, and drinks some wine. "How delicious!" Pepita says happily. She sits down and begins to eat.

But in a moment Pepita sees a cat very near the table. She looks at his green eyes. She looks at his teeth and says very softly, "I'm not hungry any-more. I'm scared! Chiquita, look!"

Upon seeing the cat, Chiquita yells, "Come, come quickly! The cat is very mean. He wants to eat us!"

Chiquita and Pepita leap from the table and run very fast. They run into the bedroom. "Oof! Good gracious! Do we have to run all the time?" squeaks Pepita. "I don't have time to enjoy anything."

Suddenly a clock begins to strike. Bong, bong, bong! It strikes very loudly and poor Pepita jumps. "What's that? I have never heard such a noise!" she cries, and trembles with fright.

"It's nothing but the clock," says Chiquita. "Don't be afraid."

But Pepita says, "I'm sorry, but I don't like your big house. It is very beautiful, but the dog won't let me look at all the pretty things.

The cat won't let me eat the delicious food.

The clock makes noises and gives me a bad fright.

I'm going back to my little house. Goodbye, my friend!"

And Pepita runs out the door, runs across the side-walks, runs through the streets and over the high-way, and runs through the green fields to her little house.

Finally she gets back to her home. There is no delicious food; there are no big rooms; but neither are there bad dogs and cats, nor things that make strange noises.

Later she tells her friends, "Chiquita's house is magnificent, but I don't want to live in fear. As for me, I like my quiet life in the country."